# Franco Vaccarini

# EL SOMBRERO DEL MUERTO

## y otros cuentos extraños

**Ilustraciones:**
**Gabriel San Martín**

EL SOMBRERO DEL MUERTO
Y OTROS CUENTOS EXTRAÑOS
es editado por
EDICIONES LEA S.A.
Av. Dorrego 330 C1414CJQ
Ciudad de Buenos Aires, Argentina.
E–mail: info@edicioneslea.com
Web: www.edicioneslea.com

ISBN 978-987-718-603-1

Primera edición. Impreso en Argentina.
Febrero de 2019. Pausa Impresores.

Vaccarini, Franco
    El sombrero del muerto y otros cuentos extraños / Franco Vaccarini. - 1a ed . -
    Ciudad Autónoma de Buenos Aires : Ediciones Lea, 2019.
    64 p. ; 24 x 17 cm. - (La brújula y la veleta)

    ISBN 978-987-718-603-1

    1. Literatura Argentina. 2. Cuentos de Suspenso. I. Título.
    CDD A863

# Y SU TUMBA ERA UN DRAGÓN

No hubo ninguna señal, ningún ruido fuera de lo común a esas horas, pero, al abrir la puerta de la mesada para arrojar el envoltorio de un chocolate en el cesto de la basura, saltó sobre mi mano un lagarto de Komodo.

Esquivé la mordida, salí del departamento y empecé a gritar por el pasillo del primer piso.

–¡Un dragón! ¡Un lagarto! ¡Komodo!

Era medianoche. Bajé corriendo por la escalera hacia la planta baja. El guardia de seguridad dormitaba con el codo apoyado en el mostrador y el mentón en la palma de la mano.

–¡Eduardo, Eduardo!

–¿Qué pasa, hombre?

Abrió los ojos como un ciego, despierto de su incómodo sueño, sin ver todavía o sin descifrar lo que veía.

–¡Un dragón!

–¿Un ladrón? ¿Dónde?

–¡Un dragón! ¡Un lagarto de Komodo!

Enmudeció.

–Hay un bicho horrible en mi mesada, Eduardo –le dije, más sereno.

El hombre no comprendía, pero también tenía miedo. De mí.

A mí no me da miedo casi nada. La muerte no me asusta, pero un dragón, sí. Morir es algo fácil, hasta el último cuadrúpedo en el mundo puede hacerlo. A mí me dan miedo las cosas que no sé hacer. No sé hablar alemán y a veces sueño que estoy perdido en Berlín y nadie me entiende. Y nunca aprenderé el idioma oscuro de un dragón de Komodo. Esas cosas sí me dan miedo, pero morir, estoy seguro de que sabré morir, que aprobaré el examen, que aprenderé a no respirar más. Y nadie es más hombre por eso.

Nunca bebí.

Yo me embriago con estrellas y los espejos rotos, con la niebla que flota sobre el lago, con el ruido atronador de las cigarras en verano.

Quiero decir: yo estaba en mis cabales y había un dragón en la mesada.

La verdad es que hacía dos noches que no dormía. Y no dormía porque no me podía dormir. Llámelo nervios, estrés, no poder pagar las cuentas. Las deudas son las mejores amigas del insomnio.

Y allí estaba lidiando con Eduardo, el guardia.

–¿No ha visto Animal Planet, hombre? ¿No sabe que los dragones de Komodo existen?

–Cómodos o incómodos, muchacho, jamás he visto uno. Por mis ojos lo digo. Que jamás vi uno.

–¡Un dragón, un lagarto, un dragón de Komodo! ¡Un saurópsido de la familia de los varánidos!

–Ya acábela con eso. Duerma tranquilo, hombre.

Pasé por alto su insolencia, pero le dije que iría a dormir en paz si él me acompañaba a comprobar que de veras no había tal dragón en mi mesada. Con una sonrisa maligna, aceptó. Subimos por la escalera. Un solo piso. Entré al departamento temblando, y él, tan campante. Lo admiré, juro que en ese momento admiré al pobre imbécil.

Abrió la puerta de la mesada con total displicencia. Un guardia, un centinela, debería estar siempre alerta, pero el inoperante me miraba a mí, mientras decía:

–¿Ve que no hay nada, don? Nada de nada.

Presa fácil para un dragón de Komodo. La bestia le aplicó su furia mordedora con tal decisión que le arrancó la mano íntegra. El guardia ni siquiera gritó, se miró extático el miembro ausente, como si no sintiera nada excepto asombro. El dragón embuchó y atacó otra vez y otra vez. Mordida tras mordida, el guardia terminó por desaparecer. Su lengua plagada de bacterias asesinas dejó el piso impecable, sin rastros de sangre. Un crimen perfecto. El dragón se volvió a meter en la mesada.

Deduje que estaría tan lleno como una boa después de tragarse un chimpancé. Supuse que sus movimientos serían más torpes, así que abrí la puerta. El dragón me miraba con sus ojos acechadores, incapaz de levantarse, arrellanado, hinchado como el parásito en el almohadón de plumas del viejo Quiroga, contenido en el mezquino espacio de la bolsa reciclable del tacho de basura. No sé cómo hacía para caber ahí semejante bestia. Comprendí que debía cerrar la bolsa

antes de que el bicho hiciera la digestión y tuviera hambre otra vez. Lo hice. Me costó arrastrarla por el piso

Bajé, caminé hasta la vereda y la solté junto a un ciprés. Los cipreses son los árboles que abundan en los cementerios. El cadáver displicente ya estaba en la sombra correcta y su tumba era un dragón. Un hombre de aspecto humilde caminaba lento. Lo previne:

–En esa bolsa, cuidado. ¡Un dragón, un lagarto, Komodo!

El hombre me observó con una sonrisa ladeada, como si la boca se le estuviera por caer al piso.

Su problema.

Volví al departamento.

Fui directo al cuarto y Jimena estaba allí, entre dormida y despierta, estaba allí, en la cama.

–¿Escuchaste los gritos? ¿Hubo gritos o yo soñé? –me dijo.

–Dragón, lagarto, Komodo, guardia de seguridad comido. Tacho de basura, vereda, ciprés, hombre humilde. Fin.

–Qué loco sos, mi amor, siempre tan imaginativo –me dijo.

Y ella se durmió y yo también. De lo más campante.

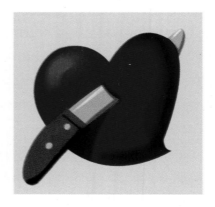

# Aterrado por Lila

### 1

Odio reconocerlo, pero Lila me va a matar.

### 2

Los primeros días de enero, siempre lo mismo: me agarraban ataques de soledad. "¿Dónde están mis amigos?", me preguntaba. "¿Es que todo el mundo se fue de veraneo menos yo y mi gato tonto, que solo duerme y duerme, inerte como una piedra?".

Así estaba aquella noche. Una, dos, tres, muchas noches.

Mamá y papá dormían y yo me dedicaba a calcular dónde cantaba el grillo. Y dónde. Y ahora dónde.

### 3

Enero es un mes mentiroso, promete mucho y no da nada; por lo menos, es mi experiencia. Los amigos que están en la ciudad se ocultan, como si estuvieran en el Caribe. Yo lo llamo "el Complejo de Estar Acá". Por suerte, de vez en cuando, alguno asoma el cuello de su agujero y arreglamos para ir al cine, pero Lila sí que no está. Lila no está.

## 4

Pienso en Lila todos los días y dentro de cada día, en cada hora y dentro de cada hora, en cada minuto; podría decir que mi mente es un lugar para Lila, donde se piensa en Lila y al que Lila, si quiere, puede venir a quedarse. Yo podría convertirme en Lila, aunque pensándolo bien, no.

Sería horrible, en realidad.

Yo no quiero ser Lila, yo la quiero a Lila, y si yo fuera Lila ya no podría tener el gusto de ver a Lila, el espectáculo de ser su amigo y verla. Qué feo es estar enamorado.

La otra noche no me podía dormir. Qué horrible. Estaba oscuro y respirar ese aire oscuro era como respirar veneno. Un veneno de la noche, ese veneno que tapa todas las cosas, las cambia de lugar, hace ruido donde solo había silencio, y hace silencio donde yo quisiera escuchar una voz. La voz de Lila.

Qué feo.

Me siento solo. Será porque soy adolescente. Al menos, lo dicen mamá y papá, cuando no hablo en la comida o les contesto poco y nada. "Es la edad del pavo", dijo una vez mi tía Marta cuando hablé por teléfono con Lila y me reía y hablaba, todo junto. Es mi modo de hablar con Lila, es una risa que me da hablar con Lila, será de nervios, pero también es risa de ganas de reírme, risa de alegría.

Me agarran ataques de misticismo, como cuando me llevé Matemáticas y me quedé una semana durmiendo en lo de tía Marta, que es profesora de Matemáticas. La casa de tía Marta me producía tristeza, en parte porque ella es un recordatorio viviente de que las Matemáticas no son mis amigas.

Y en esas noches en lo de tía Marta, en esas tardes en que nos sentábamos a la mesa para estudiar, yo solo pensaba en Lila, Lila como la otra cara de tía Marta, de las Matemáticas, de las cosas que no me gustan, aunque resulten inevitables.

## 5

–Qué linda edad. Ojalá yo pudiera pensar en pavadas todo el tiempo –me dijo tía Marta.

Qué sabía, qué sabe ella. Lo que uno sufre.

A quién le voy a contar, hay cosas que no se pueden contar; el pecho se me hace un pozo, no sé, me caigo adentro cuando está todo oscuro y Lila no está en esa oscuridad. Es una porquería la noche.

## 6

Porque era enero y no tenía nada que hacer, porque en diciembre rendí y aprobé Matemáticas, con lo justo, pero la rendí.

Y de vacaciones nos fuimos en la segunda quincena de febrero, casi al filo del otoño.

Y todo aquel enero y el resto del verano y el siguiente otoño y las estaciones siguientes y vuelta a empezar, yo viví para pensar en Lila.

## 7

¿Y saben lo que yo sé? Yo sé algo más.

Porque ahora es un enero diferente y ya no tengo 14 años; tengo 33. Y nunca me casé con Lila, nunca fuimos novios. Y podría decir muchas cosas más; horribles, feas, pero solo voy a decir una: qué manera, pero qué manera de sufrir de gusto. Porque nunca me animé a decirle a Lila lo que sentía por ella.

Y miren ahora: hace unos días me mandó un mail. Que hace quince años que nos recibimos en la secundaria. Que si vas a venir a la fiesta en la escuela. Que vivo en equis equis, que me recibí de equis equis, que no me casé. Y sí, le dije que voy a la fiesta. Y aquí estoy. Muerto de miedo. Esperando otro mail de Lila. Sufriendo, otra vez. Aterrado. Me voy a morir de miedo. Porque yo no tengo miedo más que a una cosa: a Lila. A que Lila no me... no me...

Ni siquiera me atrevo a escribirlo. AqueLilanomequiera. Lo dije rápido.

Ya está.

Ya morí.

Yo creía que este sentimiento me iba a matar, pero no: estoy muerto.

Muerto por Lila.

# LAS COPIAS

Una vez por semana, después de trabajar, íbamos con Natalia a correr por los bosques, al borde de la ciudad. Solía haber mucha gente, la vida saludable estaba de moda. Hombres y mujeres grandes, jóvenes, gordos y flacos. "Mejor un gordito activo que un flaco sedentario", decía Natalia, refiriéndose con un guiño de ojos a esos kilitos que me sobraban. Cada atardecer, los bosques eran un lugar de encuentro para los cultores del ejercicio físico. Pero ese día no había casi nadie. Como si un ciclón hubiera barrido con toda la gente. Solamente había un anciano, que ya estaba por cruzar la calle para irse.

–¿Adónde se fue la gente? –le pregunté.

–Desde hace varios días circula la noticia. ¿No lo saben? Las copias. Huyan antes de que anochezca.

–¿Las copias? ¿Qué copias?

–Es como una epidemia. Ya hubo un par que se murieron de susto. Les aconsejo que hagan lo que estoy haciendo yo: váyanse –dijo el hombre.

–¿Pero a qué se refiere con cop…?

Ya no me escuchaba.

El anciano cruzó la calle hacia las tranquilizadoras luces de la ciudad.

Sorprendidos, charlamos un rato del asunto con Natalia, mientras trotábamos. A mí me gustaba Natalia y me encantaba pasar tiempo con ella. Correr era una excusa perfecta.

–Qué siniestro se ve el bosque sin gente. Me da miedo, vámonos –dijo.

–Uh. Yo tengo ganas de gastar energía –dije.

–Fijate. No hay nadie. ¿No te impresiona?

El problema de los fantasmas es que ni siquiera se necesita verlos.

Una hoja que se balancea en el árbol, un ruido impreciso, un movimiento en el agua… todo eso puede ser, también, el rastro de un fantasma. Una nutria en el borde dio unos pasos y se fue nadando.

–Cuidado con las nutrias, a ver si son nutrias fantasmas –bromeé.

Natalia me dijo que no eran nutrias, que eran falsas nutrias. Que esos animalitos se llamaban coipos. Para mí no había diferencia. Porque quizá todas las nutrias que vi en mi vida no eran nutrias sino coipos.

Pero me gustaba discutir con ella, así que le dije:

–Lo que me hace pensar que las nutrias son, entonces, coipos falsos. ¿Quién puede decir lo contrario? ¿Por qué el coipo es falsa nutria y no al revés?

–Ay, qué discutidor. Me mareás. Pero mejor, por las dudas, vayamos. Me da cosa este silencio.

Nos fuimos. Por las dudas. Aunque la única "copia" que vimos era el coipo. Qué locura.

Una semana después volvimos a citarnos en el mismo lugar, para cumplir con nuestra rutina aeróbica. Oscurecía. Había otros deportistas, como si la epidemia de miedo estuviera disipándose… ¡hoy correríamos!

Solía llegar unos minutos antes que Natalia. Me sentaba en un banco de madera frente al lago, y meditaba mientras la esperaba.

Pájaros blancos y negros volaban a ras del agua y se elevaban hacia las ramas de los árboles donde pasarían la noche. Verlos acurrucarse allí me generaba una amable y pacífica añoranza.

Sentía que esos pájaros quietos resguardaban un misterio que se repetía desde el fondo de los tiempos: el silencio bajo las estrellas. Saber que la redonda luna que colgaba en el cielo era la misma que habían visto nuestros antepasados más primitivos me impresionaba. No estaba el progreso de la humanidad, no estaban las ciudades ni los barcos, no estaban las herramientas, ni la explotación de los campos mediante la agricultura; no estábamos siquiera los hombres, pero la luna ya estaba. Y entonces bajé la vista y algo más, alguien más estaba: Natalia, vestida de blanco. De luna. Su ropa refulgía. La inconfundible melena lacia, su figura esbelta, la hermosa nariz. No me dio un beso en la mejilla como siempre, se mantuvo a distancia, y tuve la sensación de que estaba por decirme algo y no se atrevía. Su cautela me extrañó.

Entonces miró el lago, me miró a mí, y dijo una sola palabra:

–Agua.

Instintivamente bajé mi vista para sacar la botella que guardaba en mi mochila. Cuando volví a mirarla, Natalia ya no estaba. En el lago se formaron ondas, como si algún pez carpa estuviera dando vueltas.

¿Qué había pasado? Volví sobre mis pasos y grité su nombre. Una corriente de frío anunciaba el otoño. Quería darle agua a Natalia. Quería mostrarle la luna a Natalia. Quería jugar a mirar la luna con Natalia. Pero ahora Natalia no estaba y la luna, por supuesto, la luna estaba... Miré detrás de los arbustos, de los troncos, en cada banco de madera, en las glorietas.

Por el camino se acercaba una mujer con ropas oscuras. Al verme agitó su mano:

–¡Gustavo! ¿Cómo puede ser qué estés aquí si recién... estabas allá?

–Pero, Natalia... si ya estabas conmigo... Vos... Y desapareciste. ¿Cómo puede ser qué...?

–¿Si ya estaba con quién?

–¿Y vos con quién?

Enmudecí. Enmudeció.

Esta Natalia vestía su ropa deportiva de siempre, hablaba como siempre, era la verdadera Natalia. Y yo era yo. El verdadero yo.

Temblado, comprendimos todo: las copias.

Nunca más regresamos a correr a ese bosque maldito.

# El trono del poeta

Durante el largo reinado de la reina Isabel I, a finales de 1589, vivía en un suburbio de Londres un poeta llamado Oberto Florio, que no podía concentrarse en nada. Se mantenía gracias a una pequeña renta hereditaria y dedicaba las mañanas a escribir, pero de una manera tan errática que terminaba prodigando el tiempo en cosas sin pies ni cabeza.

Oberto no tenía esposa ni hijos. Sus padres habían muerto. Había un tío y una tía en la campiña, pero nunca los visitaba ni lo visitaban. Tenía la costumbre de leer mientras caminaba, hasta que un cochero lo atropelló en el cruce de dos calles; hasta que un pozo se lo tragó; hasta que se internó en un bosque y una manada de perros salvajes le produjo heridas irreversibles –perdió el ojo derecho–. Le decían Oberto, el del inquieto trasero, ya que nunca permanecía más de unos minutos en el mismo lugar. Aunque desde el incidente con los perros salvajes que se comieron su ojo derecho, lo llamaban, más prosaicamente, el tuerto Oberto, el del inquieto trasero.

Un zorzal cantaba todas las mañanas en su jardín. Oberto no tardó en dedicarle un poema que leería en una de las tertulias que solía frecuentar, en el salón de la Condesa de Richmond. "Sones del zorzal" pasó por ser uno de los sonetos del año y Oberto Florio tuvo un fugaz romance con la fama y otro romance, todavía más breve, con Luisa Renata Roberts, es decir, la condesa de Richmond. Ella, sin embargo, pronto se arrojó a los brazos de otro poeta, Lord Harington, que tenía la costumbre excesiva de bañarse a diario y de ser amigo y ahijado de la reina Isabel, además de darse ínfulas de inventor. Pero su única invención conocida eran los versos. La reina lo alentaba. "Si un día inventas algo útil, prometo usarlo. Entretanto, sigue con tus poemas".

El tuerto Oberto había llegado a una encrucijada. O seguía leyendo y escribiendo mientras paseaba, lo cual era dañino para su salud –al ojo perdido se le sumaba una cojera por su caída en el pozo, y tenía dos dedos menos en la mano izquierda, otro "recuerdo" de los perros salvajes–, o encontraba un modo de quedarse quieto. Decidió consultar a Sir Osborne, un célebre astrólogo que vivía a dos millas de su casa –aprovechó el trayecto para memorizar unos versos y recitarlos en voz alta. Un arrebatador oportunista advirtió su distracción y le robó la cartera–.

Sir Osborne le dio unas palmaditas afectuosas en el trasero y le dijo:

–Debes aprender a dejar esto quieto en un sillón o silla confortable. Y entonces escribirás y leerás sin que tu vida corra peligro.

–¿Y si escribo o leo mientras salto? De ese modo me moveré, pero estaré siempre en el mismo lugar.

Sir Osborne meditó un momento y luego desechó la propuesta por la cojera.

–Ve donde el carpintero y pídele una silla a tu satisfacción.

–Ya lo hice. Ninguna me gusta. Apestan.

–Entonces, invéntala tú mismo. Ahora, págame la sesión, es todo. Piensa en lo que te dije.

–¿En qué debo pensar?

–Piensa en lo que debes pensar. Piensa, hijo. Ah, tuve que ajustar los honorarios, sabes.

–¡Auch! ¿Dónde diablos está mi cartera?... Pasaré la próxima semana a pagarle, Sir Osborne.

–De acuerdo, ten en cuenta que los intereses corren.

Fue esa misma noche, al servirse vino en una copa de madera, que sintió el toque de la inspiración: allí estaba el vacío. El vacío que podía contener la materia. El vacío que daba sustento y contención. Oberto Florio no podía dejar de pensar, a su manera, desprolijamente, en las propiedades del vacío. Nada material existiría sin ese vacío. Su búsqueda frenética lo llevó a dos inspiraciones convergentes: buscaba un poema, pero también buscaba una silla ideal para escribirlo. El conector era el vacío.

Esa noche, Oberto vio la copa como nunca antes la había visto.

Al día siguiente se levantó de un salto –amenguado por su cojera– y fue hasta donde el carpintero, un hombre que parecía un gusano de la madera. Tenía aserrín hasta en los dientes que tenía, que eran tres. En otras ocasiones Oberto le había encargado sillas, pero todas lo hacían padecer: no soportaba sentarse sobre una tabla, asumir ese límite que le impedía moverse a voluntad. Había probado con almohadones, pero necesitaba otra cosa. Tal era su quimera: poder moverse y a la vez permanecer sentado, sentir el vértigo del vacío y a la vez estar concentrado y sin peligro.

El carpintero debería trabajar sobre un tronco de roble del tamaño y altura apropiados y ahuecarlo. "Vaya loco", pensó el buen hombre, meneando la cabeza de un lado a otro. Se tomó su tiempo, y lo hizo.

Desde que tuvo aquella silla con forma de copa, Oberto adquirió el nuevo hábito de quedarse quieto, a la vez que su trasero podía moverse a gusto. Lograba sostener su concentración durante horas. Sus poemas surgieron más inspirados y mejor corregidos. Los endecasílabos apenas le ofrecían resistencia. Sus éxitos en las tertulias se hicieron costumbre.

Es entonces cuando hace su aparición el personaje del que apenas se hablará en este relato, porque de eso se ocupará y se ocupa la historia: Sir John Harington. Envidioso del éxito repentino de Oberto, lo fue a visitar con el pretexto de que le había dedicado un poema.

Sin mucho disimulo, Sir Harington deseaba saber cómo Oberto había pasado de ser un poeta mediocre a uno tan bien estimado. ¿Robaba los poemas? ¿Habría hecho un pacto con el diablo? Incluso hasta las damas de la sociedad comenzaban a verlo como un buen partido.

Con apacible hospitalidad, Oberto obligó a su visita inesperada a tomar un té de jengibre en la sala, que era la misma donde escribía. John observó con falsa indiferencia el mobiliario, la mesa y las sillas convencionales, y en el rincón, el escritorio y... la gran copa-asiento.

–¿Aquí es dónde tramas tus grandes ideas, querido amigo?

–Aquí es.

–¿Y este asiento? ¿Es... hueco?

–Así es, John. Me apoyo en los bordes y me quedo suspendido en el vacío, por así decir. Eso me relaja de un modo que... en fin, aporta mucho a mi concentración.

–¿De modo que este asiento es... tu secreto?

–Si quieres llamarlo así. Digamos que, gracias a este artefacto, no necesito moverme para leer ni escribir. Opera un extraño influjo sobre mí. Me encanta pasar las horas sobre él.

–Maravilloso, amigo. ¿Me harías el honor de escuchar un trozo de mi último soneto?

–Por supuesto.

–Se titula "Belleza", y está dedicado a ti, como te dije.

*La tez le brillaba como cuando el sol atraviesa*
*una nube empapada en la primavera agradable;*
*y así como los ruiseñores se posan en las ramas y cantan*
*al llegar el verano, lo hizo el ciego dios de irresistible poder,*
*ahorcajado en sus ojos, lanzando desde allí sus flechas;*
*bañando sus alas en los radiantes arroyos cristalinos de ella,*
*y secándolas en sus hermosos cabellos centelleantes.*
*Sobre estos dirige su dardo de dorada cabeza,*
*sobre aquellos se entibia y templa,*

*elevando el tiro hacia el buen corazón de Oberto,*
*y hacia la cabeza que lo ciñe en su arco.*

Al escuchar su nombre en el poema, Oberto lagrimeó.

–Maravilloso, querido amigo, es... interesante. Gracias.

–Oh..., te lo mereces –respondió Lord Harington.

Mentía a mansalva, por cierto. El poema, con algunos pequeños cambios, era el mismo que había escrito para impresionar a cierta duquesa.

Apabullado, con los ojos húmedos todavía, Oberto Florio abrazó y besó a Sir Lord Harington, quien le pidió un favor muy especial: ocupar un momento el "trono" –así lo llamó– antes de retirarse.

Entonces, al sentarse, sucedió unas de esas epifanías que obligaron al genio de Arquímedes a gritar "¡Eureka!", miles de años atrás, en las calles de Siracusa. Sir Lord Harington acababa de encontrarse con una idea demoledora y una solución al antiguo aliento de su madrina, la reina Isabel, acerca de inventar algo útil.

Abrazó y besó a Oberto, y se fue de la casa prácticamente a la carrera, con los ojos también húmedos.

Sir John Harington trazó en un papel los primeros esbozos de su gran invento, que la humanidad acaso no le ha reconocido jamás como es debido: el retrete con depósito de agua. El asiento hueco de Oberto le sirvió de musa. Hizo uno para la reina y otro para él.

Maliciosos poetas cortesanos no dejaron de bromear sobre el "ridículo artefacto" de John, quien, afectado por las burlas, no inventó nada más en su vida, salvo versos. Muchos de ellos, sentado en el "trono" que reservó para su uso personal –descubrió que a él también le resultaba agradable pasar el tiempo sentado allí–. No conformes con su retiro, los malvados decían que eran versos dignos de ser arrojados en el "ridículo artefacto".

Nadie inventa nada por sí solo. Detrás de cada invento hay una cadena de azares y conocimientos, hombres meritorios que permanecen a la sombra de la fama. La reina Isabel I cumplió su palabra y fue la primera persona que disfrutó de aquella novedad que se popularizó dos siglos y medio después, gracias al agua corriente y los desagües. Utilizó el inodoro a diario, menos cuando comía demasiadas nueces. De todos modos, por una cuestión de "pundonor y respetabilidad", la reina no le permitió patentar el invento. Se dice, que hacia 1596, Harington cayó en desgracia tras publicar una sátira en la que describía su querido retrete. La reina lo expulsó de la Corte sin contemplaciones.

Se han conservado variados poemas de John Harington, pero ninguno de Oberto Florio.

Vaya este relato como justo homenaje a su paso por la vida.

# Los espantosos cazadores de autógrafos

Llegamos a Palemón Horco hacia el fin del verano, cuando marzo comenzaba a despedir las primeras hojas secas. A pesar de que el aire parecía cargado por un tinte melancólico, Yennifer y yo nos sentíamos dichosos, dispuestos a disfrutar del ocio.

Estábamos hartos de sonreírles a desconocidos, siempre había alguien persiguiéndonos: gente ansiosa, gente con sudor en las mejillas, gente que al vernos daba gritos de emoción y nos pedía un autógrafo y una foto.

Por eso estábamos en Palemón Horco, un paraje adecuado para personas públicas en busca de intimidad.

El plan era quedarnos una semana en el hotel del pueblo, sin más pretensiones que nadar en la laguna, pasar unos días a pleno sol, descansar. Hacía dos o tres años que no iban turistas a la zona. Una lástima para los vecinos, que perdieron una fuente de ingresos, pero genial para Yennifer Pastel y para mí, que deseábamos un lugar solitario. Yennifer se volvió una celebridad porque trabaja en la telenovela "Heridas de Pasión". Yo actúo en un barco confitería, en el Delta del Tigre, donde imito a Toshi, un cantante japonés. Me pagan por cantar las viejas canciones de Toshi, que cuando se ponía romántico hacía que se enamoraran hasta los samuráis.

Después de tantos éxitos, nos merecíamos un descanso. Le dije a Yennifer:

–Pastelito, vayamos a alguna parte de vacaciones.

Yennifer propuso ir a Florencia, en Italia.

–Demasiadas catedrales, pastel.

Propuso Venecia.

–Muy húmeda, pastelito.

Propuso París.

–No sé francés –le dije.

Al final, me sinceré: –No quiero hacer turismo como cualquier turista. Yo soy un viajero, nena, no un turista. Prefiero cualquier lugar.

Desde que Yennifer Pastel sale en televisión no tolera que, ni siquiera yo, el único imitador de Toshi del país, la contradiga. Para desafiarme abrió el mapa, cerró los ojos y señaló un punto al azar:

–¿Vamos acá, señor Cualquier Parte?

Me reí. Yennifer Pastel es sanguínea y pasional. Ella seguía con el dedo clavado en ese punto del mapa. Exactamente en un punto que decía: Palemón Horco. Y más pequeño: Laguna Grande.

–¡Hecho! –acepté el reto.

Abrimos una botella de vino y brindamos. Por nuestras vacaciones en Cualquier Parte.

Gracias a Internet, averigüé que Palemón Horco había sido un balneario muy elegido en la región serrana, hasta que desaparecieron algunas personas que luego fueron encontradas en un estado lastimoso y amnésicas, en los bosques nativos.

–Eso necesito. Olvidarme de todo, pasarla bien. No pensar, perderme en un bosque nativo –me dije.

Y ahora estábamos en el hotel. Contentos. Listos para disfrutar nuestro anonimato, con anteojos oscuros. El conserje, al vernos salir, preguntó a dónde íbamos:

–A la laguna, obvio –respondí.

–No tan obvio. Es una laguna encantada. No vayan.

–¿Y qué otra cosa podríamos hacer acá?

–Ir a la plaza. Hay hamacas, hay trepadoras. Es mejor eso a que los agarre el Anfibio.

Me reí. Qué tipo raro.

–¿El Anfibio?

–Sí, el Anfibio. Ese mete a la gente en la laguna hasta ahogarlos. Después, dicen, devora a sus víctimas. Vive un rato en el agua y un rato en la tierra.

Yennifer ronroneó: "Qué bruto". Las supersticiones de los lugareños son siempre divertidas; pero pueden ser fastidiosas también. Nos reímos del conserje sin piedad y fuimos a la laguna.

El agua era tibia, a pesar del otoño. Después de nadar nos acostamos sobre las mantas, en la arena casi blanca. Un paraíso de calma. Cerramos los ojos.

Escuché un chapoteo. Alguien salía del agua. Me asusté, pero no mucho. Abrí los ojos y vi al viejo, con algo que parecían aletas en la espalda. Estaba mojado. Obvio.

–Buen día –dijo.

Y enseguida exclamó:

–¡Usted es Yennifer Pastel! ¡La de "Heridas de pasión"! ¡Increíble! Buen día.

Me miró y terminó de asombrarse:

–¡Toshi, usted es el imitador de Toshi! ¡Toshi y Yennifer Pastel en Palemón Horco! ¡Esto es histórico! Buen día.

El viejo era pura exclamación y buen día. Habíamos venido a Palemón Horco para escapar del mundo, y no había nada nuevo aquí, el mismo calvario de siempre, siempre habría un fan saliendo debajo del agua.

–¡Toshi, Yennifer Pastel! ¡Esperen un segundo! ¡Buen día! –gritó, y se zambulló en la laguna.

El sujeto no volvió a asomarse por un rato. ¡Qué personaje! Tal vez se había suicidado de la impresión.

Apareció media hora después, con piedritas de colores, collares de semillas, duendecitos hechos con cartílagos de bagres.

–Toshi, Yennifer Pastel; les doy estos regalos si me dan un autógrafo. Buen día.

–¿Cuál es su nombre?

–Puede poner Anfi.

Y así lo hicimos; y como la cosa venía densa, volvimos al hotel. En el camino, tiré los regalos.

–¿Vieron al Anfibio? –nos preguntó el conserje.

–No, vimos a un tipo raro. Uno que vive en el agua, parece –respondió Yennifer.

–Capaz que ese era el Anfibio. ¿Y no se los comió? –insistió el conserje.

–Para nada. Le firmamos un autógrafo –dije, y eso fue el principio del fin.

Yennifer me pegó un codazo en las costillas y me fulminó con la mirada.

–¿Por qué le tenés que decir que somos famosos, por qué le tenés que decir que trabajo en la tele y que vos cantás?

–¡Eso último lo estás diciendo vos! –aclaré.

Yo no había dicho tanto, pero el daño estaba hecho. Al conserje le brillaron los ojos, como una fiera a punto de saltar sobre su presa. Luego, nos alcanzó papel y lapicera. Estábamos atrapados.

–Disculpe… ¿me firmaría un autógrafo? –dijo.

Se lo preguntó a Yennifer, pero lo firmé yo.

–¿Por qué firmaste vos? Si él quería mi autógrafo –dijo ella en el cuarto.

Discutimos la siguiente media hora, hasta que zanjé la cuestión:

–Yennifer Pastel, te das cuenta de que este lugar es horrible, los cazadores de autógrafos nos acosan. Se disfrazan de conserjes, se esconden en el fondo de la laguna… Mejor vayamos a Venecia o a casa.

–A casa. Dijiste que Venecia es muy húmeda.

–Hecho, Pastel.

–¿Te das cuenta, mi amor? No nos dejan vivir –gimoteó Yennifer.

Tenía razón. La abracé. Nos besamos.

–Un día se olvidarán de nosotros y viviremos en paz, Pastelito.

Toc, toc.

–¿Quién es?

–Lo lamento, señor. Se han enterado.

Era la voz del conserje.

–¿Quién se enteró? ¿De qué?

–El pueblo, señor. Todo Palemón Horco quiere su autógrafo. Y también quieren autógrafos para los parientes que viven en otros pueblos. Los esperan en la calle. Ya les preparé dos sillas y una mesita.

–¿No hay forma de...?

–¿Escapar? Imposible. O firman los autógrafos o...

–¿O?

–O los pasamos a degüello.

Silencio sepulcral. Yennifer me miró nerviosa.

–¡Era una broma! Solo tienen que firmar o firmar. Y listo.

–¿Y si no firmo? –me envalentoné.

–Los degollamos o los degollamos.

Desde ese punto de vista, firmar era salvar la vida. Un buen acuerdo, el precio de la fama.

# No sabría decirle

Anoche se me ocurrió ir a la esquina del incendio, a cinco cuadras de casa. Todo comenzó porque leí el diario por Internet y la noticia más importante se titulaba: "Incendio en Villa Ortúzar".

Llamé a mi perro, para tener una excusa de salida. Yolanda, mi esposa, me preguntó:

–¿Adónde vas?

–A pasear a Rocco.

–Qué bien, mi amor. Él te lo va a agradecer algún día. Ahora no, porque es joven y no lo valora.

No pude sostener la mentira.

–En realidad, quiero ver el incendio. Rocco es una excusa. Perdoname –confesé.

–¿Cuál incendio?

–Uno acá, a cinco cuadras. Parece que fue un desastre.

–¿Qué pasó?

–Se quemó todo. Con fuego.

–¡Uh...!

–Sí, una macana. Había un...

–¡Basta, no me cuentes más que sufro! –me interrumpió.

–Bueno, pero también voy a pasear a Rocco. Es decir, no te mentía, solo que me produce curiosidad el incendio y pensé que si voy con Rocco voy a parecer un vecino cualquiera que vive por ahí.

Yolanda me dijo:

–Ay, das tantas vueltas para todo mi amor. Tenés derecho a ver el incendio, ver si se quemó alguien. Estamos en democracia.

Me fui. Con Rocco.

En la calle ya había olor. Olor a cosas quemadas. Rocco no paraba de olfatearlo todo. Estaba tenso. Había chispas que traía el viento y se veían maravillosas en el aire oscuro. Rocco comenzó a asustarse con las sirenas en cuanto nos acercamos, así que lo solté. El pobre se quedó a mi lado, sin atreverse a nada. Le volví a poner la cadena. Pobre Rocco, cuando se asusta le viene el síndrome del canario. Da una vueltita, pero no se puede alejar de la jaula, de mí.

Me acerqué a un camión de los bomberos; el incendio estaba controlado. Había patrulleros de la policía para desviar el tráfico. A mí no me dijeron nada. Yo era un vecino cualquiera que andaba por ahí. Un bombero con la cara tiznada recuperaba aire, apoyado en una rueda del camión hidrante.

–Estoy paseando el perro, sabe. Qué sorpresa... –comenté, de un modo casual.

–¿Qué?

–No, digo, qué casualidad…, justo vengo a pasar por aquí. Con el perro. ¿Hay un incendio?

–¿Si hubo un incendio? –repreguntó el bombero.

–No lo sé, soy un vecino, pasaba por aquí. Con el perro –aclaré.

–Mire, no sabría decirle –me dijo el bombero.

–¿Se quemó alguien?

–No sabría decirle –insistió el hombre, y movía la cabeza de un extremo a otro.

–¿Y ya está todo apagado…?

–Si le digo la verdad, le miento –dijo el bombero.

–Pasaba con el perro –le dije.

–Lo entiendo. Paseaba con el perro. Eso no le da derechos que no le corresponden. Si quiere saber, prenda la tele, la radio o el Internet –dictaminó el buen hombre.

–Qué desgracia. No tenía idea de lo que estaba pasando.

Dos o tres sirenas insistían en ponerle un toque siniestro a la noche, otros bomberos se ocupaban en guardar esto y aquello. Un patrullero se fue, el otro seguía en la calle, desviando tráfico. Todo parecía controlado. Un policía me miró apenas:

–Pasaba con el perro –comenté.

–Ajá –me respondió él.

Me di cuenta de que no era necesario preguntarle nada. Que ya todos sabíamos que todos sabíamos. Un incendio. Me sentí portador de la novedad tanto como ellos, que habían estado allí desde el principio. Bomberos, policías, alguna cámara de televisión y los vecinos; Rocco, yo mismo. El secreto se movía en el aire, como la última chispa del fuego, como las sirenas, las luciérnagas en llamas, de un extremo a otro. No pude contenerme y resoplé:

–Pasaba con el perro. Hubo un incendio, ¿no?

–Así dicen –dijo con modestia el policía.

Para mí, ya estaba todo confirmado. Volví a casa.

Yolanda cantaba, y fue del patio al cuarto. Cantaba. Dejé a Rocco en el taller, guardé la cadena y pasé junto a Yolanda con gesto grave. Prendí la tele: "¡Incendio en Villa Ortúzar!" decía el sobreimpreso en la pantalla.

–¿Qué tal el incendio? –me preguntó Yolanda.

–Parece que está apagado... –respondí.

–¡Uh!... ¿se quemó alguien? –insistió ella.

¿Qué se puede decir ante semejante acontecimiento? Todo lo excede.

–No sabría decirte.

–¿Fue por accidente o intencional? –dijo.

Moví la cabeza gravemente. Y respondí:

–No sabría decirte.

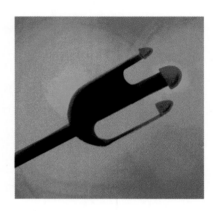

# Un diablo de carnaval

Me mudé a Lincoln a fines de febrero, a la casa de mi hermana mayor, que estudiaba Letras en el profesorado. Mi futura vida de estudiante secundario en la ciudad implicaba para mí un cambio fabuloso; nunca como entonces el porvenir sería tan promisorio, tan extraordinario y desconocido, tan diferente a una infancia tímida, casi feliz, aunque abrumada por invocaciones religiosas que recibí con inocencia. El infierno era un lugar temido y presente por las noches, cuando rezaba por mi salvación; pero a los doce años pegué un estirón, adelgacé mucho, comencé a leer novelas, a rebelarme ante mis padres y también, tímidamente, ante los dogmas que me habían impuesto.

Pasaría del farol a querosén a la luz eléctrica, de las exploraciones en las taperas al cine Porta Pía, de arrear vacas con el cimarrón a jugar al fútbol en las inferiores del club El Linqueño, de las flamantes discusiones con papá y mamá a una libertad tutelada por mi hermana, de la manteca casera a las golosinas de los kioscos, de los juegos con mi hermano menor a los juegos con las chicas, cuyas reglas desconocía todavía, pero que compensaba con un gran interés por aprenderlas.

Atrás de mí quedaba el campo de Chacabuco, sobre la ruta treinta, donde mi padre trabajaba de tambero; un puesto que debió tomar como último recurso, luego de que no le renovaran el contrato de arrendamiento de su chacra en Lincoln.

En esos primeros días de vida urbana todo fue vertiginoso, inolvidable, aunque nada como el olor del pan recién hecho y las facturas de la panadería Lemes. El negocio ocupaba un cuarto de manzana y mi hermana Alicia me puso al tanto de su fama. Me dijo que no era raro ver ratones en los canastos de mimbre; que el viejo Lemes, calvo, alto, de memorable abdomen, protegía a los roedores espantando a los gatos; que salaba los bollos crudos de pan mojándolos en su propio sudor, acalorado por el fuego del horno. A pesar de esa fama, el negocio prosperaba. El pan era el más rico del pueblo; las masas y facturas, un regalo para el paladar. Lemes trataba a sus clientes –y yo me había convertido en uno de ellos– con aspereza. A veces trocaba su muda hostilidad por algún chiste subidos de tono subido, que él mismo celebrada con risotadas sin proporción ni medida.

A pesar de todo, los vecinos no podían sustraerse a las delicias que elaboraba con sus manos de sospechada higiene.

El sábado por la noche, Alicia –que alquilaba una casona de techos altos y pisos brillantes al lado de la panadería– me propuso ir al centro para disfrutar la última noche de carnaval.

En la avenida más importante, el público se aglomeraba para admirar las carrozas, los cabezudos y la comparsa local, nutrida de chicas lindas con vestidos diminutos y plumas teñidas, de avestruces africanos. La música fuerte, los gritos de un animador instalado sobre un palco de madera, el papel picado que la gente se arrojaba sin cesar, toda esa energía que parecía no tener un centro, sino múltiples focos, habían logrado intimidarme. Yo me imponía estar a la altura de las circunstancias, aparentando soltura y ligereza: mi hermana decidió irse temprano y le dije que prefería quedarme un rato más.

–Bueno, pero vení enseguida; no pierdas la llave de la puerta.

–Andá tranquila –le respondí, orgulloso de tener llave para abrir una puerta.

Y me quedé solo en la multitud.

Todo iba bien hasta que una chica rubia me llenó los ojos de espuma. Creí, consumido de horror, que mis ojos habían sido quemados por algún ácido, y que me volvería ciego. En segundos recuperé la visión, mientras mi corazón latía sin freno. Reconocí a mi agresora: una chica delgada y linda: la había visto en la panadería. Me miraba, sin dejar de sostener el pomo de espuma en sus manos. Con esa desenvoltura propia de las chicas de la ciudad, me preguntó si me sentía bien. Le dije algo que ni ella ni yo escuchamos, porque en ese momento la batucada de la comparsa tronaba frente a nosotros.

–¡Vení, vamos a sentarnos! –exclamó.

Nos sentamos en un banco de madera, casi en el centro de la plaza vacía, con sus senderos de tierra, los canteros y los árboles.

–Yo te conozco, soy la hija del panadero. Me llamo Laura.

Un par de chicas llamaron a Laura, pero ella les hizo un gesto con la mano, indicándoles que iba a quedarse conmigo. Mi susto inicial había dado paso a la vergüenza.

–Sos tímido ¿no? –adivinó.

–No, no soy tímido; soy callado –me defendí.

Sin darle importancia a mi declaración, dijo:

–Prefiero quedarme en el banco porque ya vi que anda el diablo de ronda.

Yo recordaba la carroza del diablo, porque era de las más festejadas por el público: un diablito travieso que robaba gallinas a un granjero distraído.

–¿Y por qué? ¿Te da miedo porque roba gallinas? –le pregunté.

Laura abrió bien grandes los ojos.

–Este es otro diablo, y no roba gallinas. El que te digo yo es el diablo de verdad, que se disfraza de diablo de mentira. Se mezcla entre la gente para ver qué puede robar.

Me desconcertó su seriedad, sospeché un engaño, una trampa, pero ella tomó mi brazo y gritó:

–¡Allí está!

–¿Dónde? ¿Dónde? –pregunté, sobresaltado.

–No hay que asustarse, porque dicen que se acerca al que está más asustado –agregó Laura.

Estar obligado a no asustarme me asustó muchísimo.

En ese momento el animador anunció a los gritos la presencia de las candidatas a Reinas del Carnaval y di un salto involuntario.

–¡No te asustes! –me ordenó Laura.

Y luego, con su boca pegada a mi oído machacó:

–Ojo. Sin miedo.

Lo dijo aferrándose con sus dos manos a mi brazo; y su cercanía me asustó también, pero era otro tipo de susto, un susto más delicioso que el pan de su padre. Vi a dos o tres personas caminando por los senderitos mal iluminados. Laura me apretó tanto el brazo que sentí dolor, pero no le dije nada.

De pronto el diablo se paró frente a nosotros. Vestía un sobretodo negro, galera de mago, y una máscara pálida, de plástico, con pelos de verdad que, pegados a la máscara imitaban una barba negra y nutrida. Dos cuernos, y un rabo de goma espuma, delataban quién era, y por si quedaban dudas, llevaba una auténtica horquilla tridente en su mano.

–¿Han visto al gauchito por aquí? –preguntó. Era una voz gruesa y muy afectada.

–¿Está el gauchito cerca? –repitió el diablo.

–Ni idea –respondí en un susurro.

–A mí me gustan mucho los carnavales –confesó el diablo con un tono modesto.

–A mí también, señor...

–Dígame Diablo, nomás.

Laura se mordía los labios, como si estuviera guardando un grito. Verla tan asustada me terminó de impulsar:

–Prefiero que no esté cerca de nosotros, Diablo.

–Por supuesto, lo entiendo. Es natural –aprobó el diablo.

Empezó irse muy, muy lentamente. Comenzaba a relajarme cuando lanzó un grito gutural, cargado de maldad y me apuntó con el tridente. Grité también, perdido de terror: Laura se mordía los labios con mucha fuerza y me reprochó:

–La embarraste, se dio cuenta de que tenemos miedo. ¡Corramos!

Sólo atiné a correr y a correr hasta que nos mezclamos a los empujones entre mil espaldas. Me tranquilicé cuando subí los escalones de la iglesia. Hice la señal de la cruz y miré alrededor. Laura no estaba. El diablo tampoco.

Después de un rato me cansé de los lejanos gritos del animador, de las carrozas y de mi propio miedo y me encaminé a la casa, que estaba a pocas cuadras.

Al otro día, el señor Lemes me saludó más sonriente que de costumbre, cuando fui por las facturas y el pan de la mañana.

–¿Y? ¿Te gustó el carnaval? –me preguntó con una voz gruesa y afectada.

Algo parecido a la lucidez me puso en guardia. Laura, detrás de un cortinado, me miraba entre divertida y avergonzada.

La voz de Lemes se parecía a la voz del diablo.

Y comprendí todo: el pan tan rico, las facturas deliciosas a pesar de la mugre y los ratones, el horno ardiente... Allí estaba el maldito, disfrazado de panadero y haciéndonos comer su pan, cada día.

# El Embudo de la Muerte

Hacía muy poco que nos habíamos casado con Daniela, y ya estábamos en la parte más oscura de la sombra; cerca de los perros y del Embudo de la Muerte. Me cuesta decir que tuve razón. Hubiera preferido que, como tantas otras veces, Daniela tuviera razón.

A ella le gustaban el turismo de aventura y los deportes extremos. Su sueño era que yo aprendiera aladeltismo, alpinismo, paracaidismo, y todo ese tipo de ismos que te llevan directo a tumbarte bajo una lápida. Tenía pesadillas con mi futuro epitafio:

*Esto me pasó por ser tan flojo.*

Y otro más contundente:

*Esto fue una secuela*
*por querer a Daniela.*

Si yo la invitaba a pasar unos días en el casco de una estancia o en la laguna de Junín, ella, por ejemplo, proponía que fuéramos de mochileros al desierto de Atacama a buscar amonites del Jurásico para su colección de fósiles. En el último viaje de solteros, casi muero infectado por la mordedura de una Araña Errante Brasileña, en un desolado hospital de Manaos. Ahí me puse firme.

Hace unos días me reprochó:

–Claro, ahora que estás casado te achanchaste. De la oficina a casa y de casa al club, o al cine. Ya tenés pancita.

–¡No tengo panza! –refuté, sacando pecho.

Y agregué:

–Lo máximo que puedo ofrecerte este fin de semana largo es ir al delta del Paraná.

–Está bien. Pero después escalamos el Monte Everest.

–Dame tiempo. Puede ser –respondí.

Busqué una lista de lugares posibles, no más allá de la primera sección de islas. Llamé a la Secretaría de Turismo de Tigre y una empleada me informó que los recreos y cabañas se encontraban cubiertos debido a un contingente de ancianos japoneses.

–¿Y si nos quedamos en casa? –arriesgué.

–Es lo último que haría. El sábado a primera hora vamos a la estación fluvial, que algo vamos a encontrar; así, improvisado, todo sale más lindo –dijo Daniela, sin dejarme opciones.

Y eso hicimos. En el muelle trece, esquivando a los simpáticos turistas asiáticos, dimos con un tal señor Pedro, un hombre mayor, bajo y enérgico, que tenía una lancha vieja, pero en buen estado. Nos recomendó hospedarnos en la Casona de Sicilia, en la segunda sección de las islas.

–Comer y dormir en la Casona es muy barato. Si se animan a cruzar el Embudo de la Muerte, los llevo.

–¿Qué es eso? –preguntó Daniela, entusiasmada.

–Es una leyenda. Dicen que allí murió ahogada una mujer y que su ánima se convirtió en un remolino que todo lo traga y luego lo lanza hacia arriba, con un chorro de agua.

Daniela quedó encantada por la posibilidad cierta de un peligro.

Después de atravesar el río Luján y de zarandearnos por el paso de yates prepotentes y lanchas colectivas, iniciamos un monótono andar entre arroyos y canales. Los árboles comenzaron a formar un arco casi perfecto encima de nosotros.

–Esto es muy agreste. Capaz que hasta hay pumas –dijo Daniela.

El señor Pedro respondió:

–No, pumas no.

–¿Jaguares? –arriesgué.

–No, jaguares, no.

Respiré más tranquilo. Sin pumas ni jaguares, al menos no había grandes felinos; quedaba la posibilidad de los gatos monteses.

–No, gatos monteses, no.

–¿Qué hay de… interesante? –preguntó Daniela, supongo que con la ilusión de que hubiera algún depredador natural de la especie humana, para que todo resultara más romántico.

–Están los perros.

La respuesta me alivió, pero me preocupó una mueca maliciosa, secreta, que se formó en los labios del viejo.

La oscuridad era casi total, la techumbre vegetal no dejaba filtrar un rayo de sol; pasamos del canto de los pájaros al silencio y del silencio a un estruendo lejano que se fue haciendo más y más fuerte. De pronto, los ruidos fueron ensordecedores, el canal comenzó a ensancharse y al tomar una curva, vimos un enorme círculo de espuma donde las aguas se revolvían sin cesar.

–¡Ahora es cuando…! –gritó Pedro.

Solo había un margen muy estrecho por donde la lancha podía cruzar. Con la pericia de un domador, el viejo superó el remolino, un remolino singular ya que tragaba las aguas y luego las vomitaba con fuerza, para volver a tragarlas. Un fenómeno inexplicable.

–¿Cómo puede existir tal cosa? –chilló Daniela, aferrada a mis antebrazos.

–Es la ahogada, que tiene hambre –susurró Pedro.

Nos internamos en un arroyo diminuto cuando un coro de ladridos feroces nos alarmó. Un montón de perros –luego sabríamos que eran seis– flacos, de cuello largo, con bocas babeantes y ojos rojizos se arrojaron al agua en un intento desesperado por abordar la lancha. Uno de ellos llegó a encaramarse sobre la proa, pero el viejo lo ahuyentó con un palo. Abandonaron la persecución con aullidos lastimeros.

Al descender en el muelle corroído de la Casona, Daniela vibraba y yo, sólo temblaba. Le pagamos el viaje al lanchero y prometió volver el domingo a la tarde. Nos recibió una anciana esmirriada, de ojos grandes, negros, que nos sonrió sin dulzura, dejando ver los espacios vacíos entre diente y diente.

–Pasen al cuarto y bajen a desayunar –ofreció.

Poco después, en la amplia galería, la mujer nos trajo un té sin gusto y unas galletas de agua sin sal.

–El viaje nos abrió el apetito –dije, en tono ligero, pero algo ofuscado por la humildad de la vianda.

–Mis cachorros comerán muy bien –respondió la anciana, y dio media vuelta, hacia el monte.

–¿Irá a buscar huevos de gallina? –murmuré.

–Qué tierna. Para ella somos dos cachorros. ¿Viste lo que fue ese remolino? ¿No fue genial? ¡Si te hubieras visto la cara! ¿Y los perros? ¡Guau! –dijo Daniela.

Contemplé la belleza de aquella casona, una belleza decadente, incluso abandonada, pero con un encanto que superaba cualquier falta de confort.

Y entonces, no muy lejos, escuché a la anciana decir:

–Cachorros, cachorritos... la comida ya está lista. Vengan, cachorritos.

Me faltaban unos segundos para advertirle a Daniela que teníamos que correr, correr, correr porque allá, detrás del ceibo venía la vieja con los seis perros, todos juntitos, como si fueran una sola bestia.

# Nunca me gustó viajar

Nunca me gustaron los viajes y menos *este* viaje.

–Tenés que ir, nene. Son tus compañeritos.

Mamá no entiende nada. Ya se lo expliqué. Que los colectivos me dan terror, pero no entiende, nunca entiende nada.

Dijo lo peor que puede decirme:

–Sos un fantasioso, Alfonsito.

¡Fantasioso! No debe haber palabra más fea que esa. A mí me gustaría que me dijeran que soy fantástico, no fantasioso. Los gatos sí me entienden, porque ellos hablan sin palabras, lo que dicen es invisible, es silencioso y eso es algo fantástico. ¿O no?

Basta que me ponga a pensar en la comida que les gusta:

*Pescado, pescado. Paté. Pollo frito. Pescado.*

Y tengo a los gatos de la casa rodeándome, y ahí sí hablan como hablan para todo el mundo, ahí se hacen los gatos y maúllan: miau, miau. Tengo cinco: Machi, Mechi y Michi. Y los hermanitos Mochi y Muchi. Con los gatos sí que tengo comunicación.

Mamá usa demasiado perfume, a veces hasta la taza de café, del lado de adentro, tiene olor a perfume.

–La culpa es tuya, que traés gatos a la casa, no se aguanta tanto olor a gato –se defiende.

Y tira aceite esencial de un arbusto del Amazonas en todos los almohadones, en la ropa.

–Para sacar el olor a gato –insiste.

Tiene razón, se baña con perfume por mi culpa, pero los gatos son mis mejores amigos, me obedecen cuando pienso en pescado, pescado, paté, pollo frito, pescado. Ellos me miran, me escanean la mente y se acercan; después les doy alimento balanceado (de esos que son una mezcla de pescado, pescado, paté, pollo frito o hervido, qué sé yo). Sólo una vez les pedí un favor: que atacaran a Marcos, un compañero de curso, porque estaba harto de que me llamara Marciano. "Vení, Marciano", "Dame esa hoja, Marci", "¿Y las antenitas donde las tenés, Marciano?". Le dejaron la cara rayada. Ahora me dice Alfonso. Porque ese es mi nombre: Alfonso.

Mamá, cuando está en plan maternal, afirma:

–Alfonsito sos muy sensible. Eso es lo que pasa. Como los mininos.

No soy muy sensible, sólo sé comunicarme con los gatos, ellos me entienden y yo también los entiendo a ellos. No sé cómo funciona o por qué, pero es un hecho y no me disgusta.

Me siento una sombra para los demás y ni siquiera aquí, entre las tres mil almas de Inriville, llamo la atención. Me ven como un tímido, sin vocabulario, siempre en la mía; casi no me molestan. Marcos ya no molesta y tampoco es que estoy siempre solo.

Me gusta andar en bicicleta por la calle.

Paseo con Cristina, con Leo, con Rulo o Matías, mis mejores amigos.

Aunque a veces paseo solo, también. A la hora de la siesta, el pueblo es un cementerio, salvo aquella tarde, cuando en una esquina dobló el colectivo de dos pisos, cerca de la estación, en la misma calle por la que yo venía en contramano... ¡qué sabía yo que había mano y contramano! Si nunca hay nadie, ningún auto. Aunque ese día sí, había un colectivo enorme y me salvé por un centímetro, me rozó, caí y la rueda delantera pasó a un pelito de mi cabeza. Y no pasó nada, pero desde entonces los colectivos me parecen animales vivos, depredadores; meterme en uno de ellos sería como meterme en la panza de un Tiranosaurio Rex. Me da impresión.

Y mamá:

–Dale, nene. Nunca en tu vida te vas a olvidar, es el viaje de egresados... ¡terminás la primaria, Alfonso! De qué depredador me hablás, es un colectivo.

–Ni loco, ma. ¡Dale, si me dejas no ir, cuido el jardín hasta fin de año!

–Vas a ir, nene. Y vas a cuidar el jardín hasta fin de año, también.

Mamá está siempre en su taller, ahí los gatos no pueden entrar; hay olor a resina de los árboles, olor a bosque, a pino, algo así; en realidad, fabrica aceites esenciales para vender en la feria del pueblo los fines de semana y también vende a los negocios. Tiene sus métodos para sacarles el aceite a los árboles. Está convencida de que hay momentos en que los árboles se distraen, descansan, duermen y eso ocurre alrededor de las cuatro de la mañana: en el jardín de casa hay limoneros, naranjos, almendros, pinos y hasta un eucalipto y mamá les saca el aceite de sus frutos, de sus bayas.

Se acercaba el viaje y yo rogaba: que llueva, que truene, que las rutas se inunden, que se acabe el petróleo, que tengamos que volver a la época de las carretas que... Todo para que no arrancara el colectivo.

En la escuela, mis compañeros estaban felices, todo el día hablando de las grandes aventuras que viviríamos en Carlos Paz, intrigados porque iban a salir lejos de sus casas, sin papá y mamá.

Me enfermaban con ese entusiasmo. O me daban un poco de envidia, tal vez.

Leo, Rulo, Matías y Cristina eran pura alegría, remeras nuevas, *zapas* inmaculadas para estrenar en los cerros de Carlos Paz. Yo hacía como que sí, que uh, qué bueno che, lo vamos a pasar bien. Sí, qué loco. Loquísimo. En serio, qué bueno.

No es que quiera que ellos no disfruten, solo que mamá me puso entre la espada y la pared. Y tenía que hacer algo, porque de una cosa estaba seguro: yo no iba a subir al colectivo.

La noche anterior al viaje no dormí. Desde antes del amanecer mi cabeza era una galaxia en movimiento; mi cabeza giraba y dentro de ella, en pequeñas órbitas, también giraban legiones de estrellas, estrellas brillantes, luminosas como los ojos de los gatos en la oscuridad. Fue un trabajo lento, una cadena, un eslabón que se unía a otro eslabón. La cadena era larga, y los eslabones, muchos. Primero fueron decenas, más tarde, cientos. Y más.

Mamá no se colgó nada y me llamó temprano, yo estaba muy despierto.

–Qué lindo, nene. Debés estar ansioso ¿no es cierto?

Uh, sí. Qué ansioso.

Había mucha gente frente a la escuela: bolsos, valijas, familias enteras para despedir a los viajeros. El colectivo estaba inmóvil, monumental, colorido. Una bestia mecánica. Los dos choferes, con sus camisas celestes, sonreían.

–¿Por qué no hablás, nene?

–Estoy hablando, ma –respondí.

–¿Con quién? Porque a mí no me dijiste una palabra.

–Mirá los gatos, ma.

Frente al colectivo ya estaban los primeros, no más de tres o cuatro. Más atrás, venían docenas.

–¡Cuántos gatos!

Primero la gente no se alarmó. Después, sí.

Eran cientos de gatos. Era una galaxia de gatos con sus ojos de estrellas. Cuando los gatos comenzaron a lanzar sus maullidos todos a la vez, la gente se aterró: subieron a sus autos y condujeron por la calle marcha atrás para irse.

Los dos choferes intentaron espantarlos, pero los gatos no obedecieron. Los gatos me obedecían a mí.

Los había llamado y ellos obedecieron.

Se supone que mañana volverán los choferes y el colectivo y mis compañeros solo habrán perdido un día de su viaje feliz. Que hagan lo que quieran, allá ellos, ya le demostré

a mamá que no voy a subirme, que no me importa viajar, que estoy dispuesto a todo.

Ahora tengo otro problema: muchos gatos decidieron seguirme y están allí en la vereda. Mamá está a punto de llamar a los bomberos para que les echen agua. Son cientos de gatos y sé lo que esperan de mí, oigo en el silencio lo que desean, cada vez más impacientes:

*Ya te hicimos el favor.*
*Ahora queremos lo prometido.*
*Pescado, pescado. Paté. Pollo frito. Pescado.*

# El sombrero del muerto

La única herencia familiar que recibí fue la calvicie de mi padre y mis tíos; así que puedo decir que soy un millonario de la escasez –de pelo–. Desde los veinte años me vi obligado a llevar protección en mi cabeza. Todos asociamos los sombreros a un tiempo pretérito, donde nuestros abuelos los lucían con naturalidad. Hoy en día, uno se siente algo disfrazado, pero también me acostumbré a eso. Aunque, a la luz de lo que me ocurrió en el cementerio de Monte Chico, ya puedo asegurar que no todos los sombreros son iguales y que, a veces, pueden ser aterradores.

Trabajo de fotógrafo para el diario *La voz de todos*, de Dos Arroyos, y mi oficio consiste en observar a los demás para conseguir la mejor toma. Para cumplir con mi lado artístico, los fines de semana, durante un tiempo, me propuse tomar fotos de cementerios antiguos con mi vieja cámara analógica. Fui descubriendo en los pueblos de la zona, que cada cementerio era diferente al otro. Los monumentos, los epitafios, las tumbas, tenían detalles que merecían planos de mi cámara. Admito que a veces la diferencia no era tanto material, sino una magia provocada por la sugestión.

Pero el cementerio de Monte Chico sí que es singular. Definitivamente. El pueblo queda a cincuenta kilómetros de Dos Arroyos. Estuve una sola vez –y no volveré–. Era un sábado nublado, fresco y ventoso. Saludé al cuidador, le conté de mi trabajo y mi intención de tomar fotografías.

El hombre, de pocas palabras, me señaló el sombrero y me dijo:

–Pero mire que venir aquí un día de tanto viento.

–¿Y cuál sería el problema?

–Que usted lleva sombrero. Tenga cuidado, no se le vaya a volar.

Instintivamente acomodé mi sombrero negro, de paño, mi preferido. El hombre se dio vuelta y siguió con sus cosas.

El otoño arreciaba con un viento arremolinado que removía las hojas secas. Los pocos visitantes ya se encaminaban a la salida, disuadidos por la hostilidad del clima. Empecé a caminar por los pasillos, entre las simétricas cruces y tumbas, tomé varias fotos y, distraído, noté que había oscurecido por efecto de la tormenta. En ese momento, un furioso golpe de viento me hizo volar el sombrero. Lo corrí, pero el sombrero daba vueltas caprichosas, y en mi afán por atraparlo resbalé, caí, y cuando me levanté ya no estaba a la vista.

La llovizna empezaba a convertirse en lluvia y las gotas heladas caían sobre mi cabeza desnuda. Tomé algunas fotos de apuro, reanudé la búsqueda, aturdido, entrecerrando los ojos por la ventolera, hasta que me resigné.

Finalmente, también yo me encaminé a la salida, admitiendo que la visita había sido todo un fracaso, con la esperanza remota de haber tomado al menos una buena foto. Un enorme monumento que representaba a un águila llamó mi atención, pero la sorpresa fue que, en la base de una tumba pequeña, a un lado, reposaba mi sombrero. A pesar de que el viento arrastraba todo a su paso, alguna raíz o piedra lo habría atascado y mi querido sombrero de paño negro, se mantenía inmóvil.

Corrí hacia él, me lo puse. Vi que una placa conmemorativa en la tumba decía: *A la memoria del abuelo Manso, sus nietos.* Había una foto del abuelo muerto, con un sombrero negro.

Corrí hasta el auto, muerto de frío. Conduje hasta el centro del pueblo y busqué un bar. Necesitaba secarme la cara, tomar un café bien caliente, antes de emprender el regreso a mi casa.

En el bar habría unos diez clientes, dispersos en diferentes mesas, algunos en silencio, otros observando la tormenta por las ventanas. Todos, sin excepción, me miraron al poner un pie en el establecimiento. Cosas de pueblo, el forastero siempre causa curiosidad.

Al sentarme en una mesa sobre una ventana, quise hacer lo de siempre, sacarme el sombrero. Pero no pude al primer intento. Ni al segundo. Todavía inocente de lo que ocurría, cuando llegó el camarero lo saludé y le dije:

–Parece chiste, pero no puedo sacarme el sombrero.

–Se lo habrá ajustado mucho, por el viento –dijo el hombre.

Lo intenté varias veces más y el sombrero ni se movía. Lo había encastrado de tal manera en mi cabeza que parecía estar fijo, pegado a mi piel. Me sentí avergonzado y ridículo. El camarero –y todos los clientes– habrían observado mis movimientos y su inutilidad. Por eso decidí dejarme el sombrero puesto. Cuando el camarero me trajo el café, le conté que era el fotógrafo de *La voz de todos*, que también se vendía en Monte Chico, así que pronto otros parroquianos se unieron a la conversación.

–¿Y qué anda haciendo por acá? –me dijo uno.

–Solo vine a tomar unas fotos del cementerio.

–Al cementerio... y no se habrá puesto el sombrero del Abuelo Manso –insistió el hombre.

Recordé la placa sobre la tumba. Le dije que me había puesto mi propio sombrero, pero que estaba junto a la tumba de, precisamente, el Abuelo Manso.

–Entonces ya no es más su sombrero. Es del abuelo. El abuelo se cayó de cabeza a un aljibe por buscar su sombrero llevado por el viento y murió. Desde entonces... –al hombre le tembló la voz.

Intenté quitármelo, contagiado del miedo que vi en los ojos de aquel desconocido. Un inútil forcejeo.

–Mire, hay una sola forma de quitarse ese sombrero... vaya ahora mismo a la tumba, póngase de rodillas, cierre los ojos y pídale perdón tres veces al abuelo. Ni se le ocurra abrir los ojos en todo ese proceso o... bueno... se quedará en el cementerio. Para siempre.

Los parroquianos me miraban con piedad y expectativa.

Subí nuevamente al auto: ya no me importaba el ridículo. Las puertas del cementerio estaban cerradas, pero no dudé en saltar por el muro. Busqué el monumento del águila y, a un lado, la pequeña tumba con la placa.

Me arrodillé, cerré los ojos, pero con un detalle: apunté la cámara hacia la tumba. Pedí perdón tres veces y esperé unos segundos, hasta que un soplo helado hizo caer mi sombrero. Entonces, apreté el botón de la cámara sin abrir los ojos. Conté hasta diez: los abrí. El sombrero estaba en reposo, al costado de la tumba, como invitándome nuevamente a tomarlo.

Me fui, sin mirar atrás.

Días después, revelé la foto en mi laboratorio: entonces pude ver la sombra sobre la tumba, con mi sombrero en la mano.

# Índice

# OTROS TÍTULOS DE ESTA COLECCIÓN

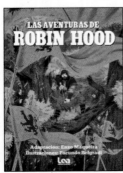
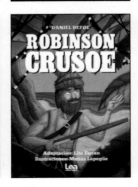

www.edicioneslea.com

31192021846629